Der kleine Vagabund

Luise Büchner

copyright © 2023 Culturea éditions
Herausgeber: Culturea (34, Hérault)
Druck: BOD - In de Tarpen 42, Norderstedt (Deutschland)
Website: http://culturea.fr
Kontakt: infos@culturea.fr
ISBN:9791041939350
Veröffentlichungsdatum: FEBRUAR 2023
Layout und Design: https://reedsy.com/
Dieses Buch wurde mit der Schriftart Bauer Bodoni gesetzt.
Alle Rechte für alle Länder vorbehalten.
ER WIRT MIR GEBEN

Es mögen etwa dreißig Jahre her sein, als an einem wonnigen, sonnigen Nachmittage des Monat Mai die rüstige Wirthin zum »goldnen Löwen« in Zwingenberg, dem reizend gelegenen Landstädtchen an der Bergstraße, ihren Jüngsten, einen stämmigen, vierjährigen Knaben, von dem Arm auf die Erde setzte und zu einem blondgezöpften Mädchen von ungefähr zehn Jahren die eiligen Worte sprach: »Hier, Marie, nimm den Hans an die Hand, packt eure Schulsachen zusammen, Gretchen und Jakob, und geht mit hinauf in das Schloß. Ich weiß heute wieder einmal nicht, wo mir der Kopf steht; in einer Stunde kommen die Maler und Sänger hungrig und durstig aus dem Gebirg. Ich laufe vom Keller in die Küche, von der Küche in den Speisesaal und ihr seid mir dabei fortwährend zwischen den Füßen. Also, marsch hinauf! und gehorcht der Marie, das will ich euch gesagt haben!« Die letzten Worte richtete sie an die zwei Krausköpfe von sieben und neun Jahren, die muthwillig zu dem drohend erhobenen Finger der Mutter hinaufschauten, jetzt aber freundlich nickten, als ein zweites: »Hört ihr?« nochmals Gehorsam einschärfte.

Die muntere Schaar zog dann vergnügt über den Marktplatz und die bergartige Straße hinauf; Mariechen, die ihr sanftes, gutmüthiges Gesicht schnell als eine Vice-Mama auswies, der man nicht allzu ungern gehorchte, führte den Hans, der mit einer Gerte bewaffnet war und nicht verfehlte, damit nach jeder Gans zu schlagen, die ihm in die Nähe kam. Ihnen folgten Jakob und Gretchen; der erstere, als der stärkere, hatte sich mit den Schiefertafeln, der Fibel und dem Katechismus bepackt, während Gretchen das kleine Wägelchen zog, in welches die Mutter das Vieruhrbrod nebst einigen rothbackigen Aepfeln gelegt hatte, die sie als sorgsame Hausfrau bis spät in das Frühjahr hinein aufzubewahren wußte. Bald waren sie an ihrem Bestimmungsort angelangt, in der »Kinderstube der Frau Martha«, wie die Stammgäste des »goldnen Löwen« scherzweise den alten, verfallnen, mit Gras überwucherten Schloßhof nannten, wo die Wirthin in der Sommerzeit, an besonders geschäftigen Tagen, die Kinder gerne sicher unterbrachte. Eine geräumigere, freundlichere und gesündere Kinderstube möchte auch schwerlich sonst wieder gefunden werden, als dieser von zerbröckelnden Mauern rings eingeschlossene Raum, der allein noch daran erinnerte, daß hier einst ein wirkliches Schloß gestanden, als dessen einziger Rest sich eben dieser Hof noch erhalten hatte. Man schonte ihn auch wohl nur darum, weil sich unter ihm große, tiefe, in den Fels gehauene Kellerwölbungen befinden, welche dem edlen Wein, der an diesen Bergabhängen wächst, eine kühle Wohnstätte bieten. Unten, neben den Kellern, hatte ein Küfer seine Werkstatt eingerichtet und bildete damit gleichsam eine Schutzwache für den inneren Hofraum, dessen Mauerreste im Sommer fast verschwinden unter dem dichten Gestrüppe der Brombeer- und Weißdornhecken, über die sich in buntem Gemische lange Epheuranken und blühende Winden hinziehen, als wollten sie die Menge von Vogelnestern, welche in den Hecken Schutz finden, noch sicherer verstecken. Darum wird es aber auch vom Mai bis zum Spätherbst in dem lauschigen Raume kaum stille von Vogelgezwitscher und süßen Melodieen, die sich gar lieblich unter dem Schatten der dichten Hollunderbüsche anhören, welche die Mauerecken und Fenstervorsprünge schmücken. Neben diesen Resten des alten Schlosses erhebt sich malerisch die alte Kirche.

Mit fröhlichen Sprüngen betraten die Kinder jetzt ihren Spielplatz, und jauchzend hüpften sie in dem saftigen, mit gelben Kuhblumen übersäeten Grase umher. Sie schlüpften in jedes Eckchen, um zu sehen, ob es dort nichts Neues gäbe, und freuten sich über ein paar dicke Baumstämme, welche der Küfer herausgelegt hatte und die bequeme Sitzplätze darboten. Die zwei Aeltesten waren bald auf den breiten Rand des Gemäuers geklettert und spähten hinaus in die sonnenbeglänzte Ebene, welche das Silberband des Rheines durchschlängelt, und welche von dem langen, blauen Rücken des fernen Donnersberges begrenzt wird. Aber ihr Ausschauen währte nicht lange. »Ein Storch, ein Storch!« riefen die Kleinen, und richtig, rückwärts über dem Thurme des Melibokus, des schönen Berges, der sich hier so majestätisch erhebt, zog oben im blauen Aether ein Storch seine luftige Bahn.

»Ja, ja, Gevatter Storch ist wieder da!« rief jetzt eine fröhliche Stimme, und vom Wege her, der weiter hinauf in den Wald führt, lenkte ein kräftiger Junge von etwa zwölf Jahren seine Schritte dem verfallnen Schloßthore zu. Er war viel ärmlicher und nachlässiger gekleidet, als Frau Marthens Sprößlinge, aber das schwere Tuch-Wams und die geflickten Hosen waren reinlich, und das grobe Hemde war schneeweiß. In der Hand hielt er einen dicken Knotenstock, und an seinem linken Arm trug er einen Korb, aus dem eine Masse lieblich duftender Kräuter hervorsah. Sein von langen, braunen Haaren umflogenes Gesicht strahlte von Frische und Gesundheit, und die braunen Augen blickten so lange recht treuherzig in die Welt, bis ein starker Zug von Schelmerei und Pfiffigkeit, der sich öfter um den breiten Mund lagerte, sie blinzeln machte.

Kaum hatten die Kinder des Knaben Ruf gehört, als sie mit dem freudigen Gruße: »Ach, der Philipp!« nach dem Thore und ihm entgegenstürzten.

»Na, seid ihr wieder einmal im alten Revier?« sagte er ruhig, sich den Schweiß von der Stirne wischend; »das ist schön, da kann ich mich auch hier ein wenig ausruhen«. »Es ist noch nicht spät!« fügte er hinzu, nach der Sonne schauend, die noch hoch am Himmel stand. Dann stellte er seinen Korb auf die Erde und warf sich daneben in's Gras, während Hans und Gretchen sich über den Korb hermachten und die Kräuter herauskramten. »Bst«, warnte Philipp, »laßt mir den Korb in Ruhe, es hat Schweiß genug gekostet, das Kraut zusammenzufinden«. »Wie köstlich es riecht«, sagte Mariechen, ihr Näschen in ein Bündel des duftenden Waldmeisters steckend; »da gibt es heute wohl Maitrank unten?«

»Ja freilich«, antwortete Philipp, »die bringen durstige Kehlen mit von droben, ich glaube, sie könnten das Heidelberger Faß austrinken; es ist freilich auch heiß genug!«

Hans hatte inzwischen den Korb ganz ausgeleert und rief jetzt ärgerlich: »Philipp, Du hast mir doch kein Kuckucksei mitgebracht, wie Du es versprochen«, und Gretchen stimmte bei: »Ja, Philipp, Du führst uns immer an, mir hast Du versprochen, den Kuckuck zu fangen, aber Du kannst es wohl gar nicht«.

»Na«, sagte Philipp begütigend, »sei mir nicht böse, lieb Gretchen, mit dem Kuckuck war es nur Spaß, der fliegt mir zu hoch, aber ich bringe Dir schon sehr bald rothe, süße Erdbeeren, die schmecken gut«. Mariechen schüttelte mißbilligend den Kopf und erwiederte: »Nein, Philipp, es ist nicht recht, Du führst die Kleinen beständig an der Nase herum, zuletzt glauben sie Dir gar nichts mehr«. Jakob aber rief: »Der Meister Philipp hat auch heute wieder die Schule geschwänzt. ›Wo läuft denn der Vagabund wieder herum?‹ hat der Herr Lehrer gestern Nachmittag gefragt!«

Der Junge richtete sich halb auf: »Der Vagabund? Nun, da hättest Du ihm nur sagen sollen, daß mich die Frau Löwenwirthin in den Wald geschickt hat, um Maikraut zu holen, und daß Keiner so gut weiß, wo das frischeste und duftigste steht, als der Philipp. Aber mir däucht, es eilt Euch auch nicht sonderlich mit Euren Aufgaben, denn Buch und Tafel liegen gleich mir im Grase«.

Diese Mahnung genügte; die pflichtgetreue Marie nahm Griffel und Schieferstein schnell zur Hand, während Jakob mit seiner Peitsche gleichmüthig fortknallte, und Gretchen, sich vor Philipp niederkauernd, sein heißes Gesicht mit ihren kleinen Patschhänden streichelte. »Ich bin Dir doch wieder gut, Philipp«, sagte sie, »wenn Du mich auch angeführt hast. Bringe mir nur recht bald die Erdbeeren; nicht war, das ist kein Spaß?«

Der Junge drückte mit seinen kleinen, braunen, schon von der Arbeit gehärteten Händen die weichen Finger des Kindes einen Augenblick fest auf seine Stirne und erwiederte: »Nein, das ist voller Ernst; aber weißt Du was, Gretchen, jetzt räumst Du mit dem Hans meinen Korb wieder schön ein, und nachher erzähle ich Euch auch etwas«.

Philipp war das älteste Kind einer armen Wittwe, die in einem alten, schlechten Häuschen hinter dem Garten des Löwenwirthes wohnte. Sie hatte sich mit vier kleinen Kindern gar kümmerlich durchzuarbeiten und betrachtete es als ein wahres Glück, daß ihr Philipp anstellig war und wohlgelitten im »goldnen Löwen«, wo er auch seine meiste Zeit zubrachte; denn immer gab es dort etwas für ihn zu thun, womit er manchen Sechser und fast täglich sein Mittagbrod verdiente. Er that Botengänge, arbeitete im Garten, fegte den Hof oder lief in die Weinberge und in den nahen Wald, wenn es dort etwas zu besorgen gab, und am Abend stellte er den Stammgästen die Kegel auf. Es hieß im Löwen den ganzen Tag: »Wo ist der Philipp? dies muß der Philipp thun! wo bleibt der Philipp?«

Die Löwenwirths-Kinder betrachteten ihn naturgemäß fast wie einen älteren Bruder, und wie manchmal schon hatte er die Stelle des Kindermädchens bei ihnen vertreten, was ganz gewiß auch heute der Fall gewesen sein würde ohne die dringendere Aufgabe, die ihn in den Wald rief.

Eine fröhliche Genossenschaft junger Männer aus der nahen Residenz, meist aus Künstlern bestehend, ließ sich zu keiner Maienzeit die Lust entgehen, nach tageslanger Streiferei auf den Höhen der Bergstraße und des Odenwaldes am Abend im »goldnen Löwen« einzukehren, um sich an der köstlichen Maibowle zu erquicken, deren Grundelement, einen guten, reinen Wein, man stets bei Frau Martha vorfand.

Aus diesem Grunde hatte Philipp abermals die Schule versäumen müssen; seine Armuth nöthigte ihn dazu, und es that ihm bitter wehe, wenn dann der Lehrer so hart über ihn urtheilte. Freilich ging Philipp auch gerne hinaus in Feld und Wald, dies läßt sich nicht läugnen. Was selten auf dem Lande ist und bei Kindern, er liebte und kannte die Schönheiten der Natur, in deren Mitte er lebte, und wenn man ihn auch sonst noch hie und da einen »Vagabunden« nannte, so geschah es halb in Scherz, weil er so viel im Freien zu finden war. Im Scherze sagte er dann auch wohl manchmal, er werde sich den Namen noch verdienen, denn nichts wünsche er sich so lebhaft, als viele fremde Länder zu sehen und die Merkwürdigkeiten aufzusuchen, von denen Abends die Herren in der Wirthsstube so mancherlei erzählten oder vorlasen.

Auch jetzt träumte er sich wieder hinaus in's Weite, bis ihn endlich Gretchen, die neben ihm kauerte und unablässig drängte: »Jetzt erzähle aber auch!« seinem Sinnen entriß.

»Ja nun«, sagte Philipp und fuhr sich mit den Händen durch die Haare, »wenn ich Euch auch erzähle, was ich gesehen, glaubt ihr's am Ende wieder nicht, und doch ist es wahr!«

»Nun, so fange nur an«, drängte jetzt auch Jakob, der, nachdem er sich müde geknallt, theilnehmend näher getreten war und Mariens ernstliche Ermahnung, nun endlich seinen Fibel-Vers zu lernen, mit verächtlicher Geberde zurückwies.

»Also«, begann Philipp, »ihr wißt doch, daß die Herren aus der Stadt heute früh auf den Melibokus gegangen sind, und sobald die Schule zu Ende war, lief ich auch hinauf, denn ich höre sie so gar zu gerne singen, und der lustige Maler, der mit der Guitarre im Arm immer den Andern vorangeht und die schönsten Lieder weiß, war auch dabei. Sie lagerten oben auf den Felsen oder im Grase und hatten ein seltsames Ding mitgebracht, das ihnen der lange Peter aus Alsbach hinaufgeschleppt hatte. Es ist ein schwarzer Kasten, der sieht von vorn genau wie eine Kanone aus, und diesen Kasten stellten sie vor den Thurm in die Sonne, richteten die Kanone, steckten bald die eine, bald die andere schwarze Tafel, die genau aussahen, wie unsere Schiefertafeln, nur daß kein Holz ringsum war, in den Kasten, und wenn sie dieselben wieder hervorholten, dann betrachteten sie das Ding genau und freuten sich darüber oder schüttelten die Köpfe. Ich dachte, sie seien wohl nicht recht bei

Sinnen und getraute mich lange nicht herbei, bis mich einer von den Herren sah und mir zurief: ›Hier, komm' einmal her, Junge, was siehst Du auf dieser Tafel?‹«

Ich guckte darauf, da stand wahrhaftig das Auerbacher Schloß, zwar sehr, sehr klein, aber ganz deutlich und genau. ›Weißt Du, wer das gemalt hat?‹ lachte der Herr, und als ich natürlich den Kopf schüttelte, rief er: ›Kein Anderer als die Sonne!‹

›Die Sonne?‹ sagte ich, ›unsere Sonne?‹

Da fingen sie alle laut zu lachen an, der Herr nahm mich am Kopfe, zog ihn nach hinten und rief lustig: ›Ja, die Sonne, die dort oben am Himmel steht!‹«

Marie, die sich schon längst nicht mehr mit dem Einmaleins plagte, sondern auch zuhörte, erhob jetzt drohend den Finger: »Philipp, Du willst uns wieder einmal etwas weiß machen!«

»Nein, wahrhaftig nicht«, rief der Junge aufspringend; »ich war nun natürlich mäuschenstill, denn ich wollte mich nicht noch einmal auslachen lassen, aber gesehen habe ich es, mit diesen meinen Augen. Es erschienen Bilder auf den leeren Tafeln, und es hat Keiner etwas dabei gezeichnet oder gemalt«.

»Die Sonne«, sagte Mariechen nachsinnend, »die Sonne kann viel, sie lockt das Grün hervor und die Blumen, aber, daß sie soll malen können« Philipp's ganzes Gesicht verzog sich in eitel Schelmerei, er hatte seinen Korb wieder an den Arm genommen, den Stock ergriffen und rief jetzt mit lustigem Ton: »Ei, so probirt es doch einmal selbst! Probiren geht über Studiren! Da, hier stehe ich vor Euch in der Sonne, sehr einmal zu, ob etwas davon auf Eure Tafeln kommt, Ihr könnt ja mit dem Griffel immer noch ein wenig nachhelfen!«

Mit diesen Worten stellte er sich gravitätisch dicht vor Marie hin, die ganz betreten ihre Zahlenreihe auslöschte, während Gretchen trotz Jakobs Widerspruch dessen Tafel erwischte und sich hinter Marie setzte. Eine Minute lang blieben sie alle ruhig mit angehaltenem Athem, begierig, ob die liebe Sonne wirklich so freundlich sein werde, ihnen das Bild des Kameraden hinzumalen; dann blinzelte Eines nach der Tafel des Andern, um zu sehen, ob sich wohl dort das Wunder zu vollziehen beginne, welches bei ihm noch nicht erscheinen wollte es war ein kurzer, aber allerliebster Anblick, den ein junger Mann, der schon seit einigen Minuten an dem Thorwege hinter einem Mauervorsprung verborgen stand, mit lächelnder Miene genoß.

Noch eine Sekunde, dann war es vorbei, da wußten Marie und Jakob, daß Philipp, der Schalk, dessen lachender Mund immer größer geworden, wieder eine Hänselei an ihnen verübt hatte. Jakob warf zornig den Katechismus, den er in der Hand hielt, auf den Boden und hob die Peitsche, während Marie, aufspringend und die kleine Faust ballend, halb weinend ausrief: »Du schlechter Junge, Du hast uns wieder zum Besten gehabt, diesesmal sage ich es der Mutter und nun habe ich auch noch meine Rechnung ausgewischt!« Diesem Zornesausbruch folgte ein vernehmliches Schluchzen, welches aber Philipp kaum noch hörte, denn er hatte sich eilends auf den Weg gemacht und trottete schon die Bergstraße hinunter, mit lauter Stimme zurückrufend: »Die Sonne malt aber doch! ihr habt nur den schwarzen Kasten nicht, ohne den ist es freilich nichts!«

Jakob, den es wunderbar beruhigte, daß in diesem Falle die altkluge Marie mit unter den Angeführten war, knallte wieder gleichmüthig mit seiner Peitsche und sagte: »Diesesmal kriegt es der Philipp! Morgen muß mir die ganze Schule helfen ihm den Kopf zausen!« Hans hatte sich während aller dieser Vorfälle stillvergnügt an die Aepfel gemacht, und sein Beispiel wirkte jetzt besänftigend auf die übrigen. Gretchen fuhr das Wäglein mit dem Viehruhrbrod zu den Holzstämmen heran und suchte dann den dicksten Apfel heraus, welchen sie Jakob mit den Worten gab: »Du darfst aber auch dem Philipp morgen nichts thun«.

»Hast Du denn den ungezognen Philipp so lieb?« fragte Marie, nun auch, trotz ihres Kummers, herzhaft in einen Apfel beißend. »Ja«, antwortete die Kleine, »weil er mich auch lieb hat«, und darauf hatte Niemand etwas einzuwenden.

Noch ein Stündchen, dann stand der Melibokusthurm wie im rothen Feuer, umglänzt von den Strahlen der sinkenden Sonne, und sagte den Kindern, daß es nun Zeit für sie sei heimzukehren. Sie packten ihre Sachen zusammen, und hui! ging es die Straße hinab zu der

Mutter, welche bereits an der Thüre stand und besorgt nach ihrer kleinen Schaar ausschaute, die sie bald lärmend und liebkosend umringte.

Sie traten in die Thüre, aber, o Schreck! da stand wahrhaftig der schwarze Kasten, von welchem Philipp erzählt hatte, und er, der Missethäter, lehnte ganz vergnügt neben einem blonden, jungen Mann an dem Stamm der Linde, unter deren Dach sich die Gesellschaft bereits um die Maibowle versammelt hatte.

Neugierig drängten sich Marie und Jakob Hans und Gretchen hatte die Mutter bereits fortgeführt nach der Thüre, um sogleich wieder mit blutrothem Gesichte zu entfliehen, denn der hübsche Maler im schwarzen Sammtrock hielt ein kleines, offenes Buch in der Hand und erzählte den Andern: »Seht, so führt uns der Zufall oft die nettesten Bilder in den Weg; diese Skizze fiel mir recht eigentlich im Vorüberlaufen in die Hand. Es sind die Kinder unserer Wirthin nebst diesem Schelm hier, der die armen Tröpfe im wahren Sinn des Wortes hinter das Licht geführt hat«, und lachend vernahmen nun die Andern die Veranlassung der kleinen Scene.

»Du hast immer Glück, Arthur«, sagte ein älterer Mann, der neben dem Maler saß, »aber diesesmal mußt Du es mit mir theilen, ich möchte die kleine Gruppe photographisch aufnehmen; man kann sie ja gerade noch einmal so stellen«.

»Sie aufnehmen? die Sonne wirklich zur Malerin dessen machen, was meine flüchtige Bleistiftzeichnung hinwarf? Ich dächte, so weit dürfte uns doch die neue Kunst, die Lichtmalerei, noch nicht in's Handwerk pfuschen, daß sie ganze Gruppen, vier bis fünf Personen zugleich auf die Platte zaubert«! »Und wenn sie es dennoch vermöchte?« lachte der Andere; »wir sind mit der Lichtmalerei erst am Anfang vom Ende. Daguerre gab uns die Metallplatten, und auf diesen Gruppenbilder festzuhalten, will allerdings kaum gelingen; aber in der jüngsten Zeit hat man es nach vielen Versuchen zu Stande gebracht, ein Papier herzustellen, welches die gleichen Dienste thut und weit weniger kostspielig ist. Auch hat man den Apparat so vervollkommnet, daß es nun möglich wird, mehrere Gegenstände oder Personen zugleich zu fixiren. Die Versuche, die ich bereits bei Aufnahmen von allerlei Gegenständen angestellt, sind trefflich gelungen, morgen soll mir dann die kleine Schaar daran, die Dein Stift so glücklich skizzirte«.

»Bravo! Bravo!« riefen die Freunde, und, nachdem der Sprecher geendet, stießen sie an auf glückliches Gelingen. Während nun Philipp die Herren bediente und dabei keines ihrer Worte verlor, saßen die Wirthskinder drinnen bei der Mutter in der Hinterstube, verzehrten ihre Milchsuppe und erzählten ihr mit Entrüstung, wie der Philipp sie wieder einmal zum Besten gehabt.

Am nächsten Morgen in der Frühe fuhren die Gäste des »goldenen Löwen« wieder nach der Stadt zurück; nur der junge Maler und sein Freund, der Photograph, welcher früher Porträtmaler gewesen war, nun aber, die Concurrenz der neuen Erfindung fürchtend, sich dieselbe angeeignet hatte, blieben nebst dem großen schwarzen Kasten zurück, weil sie die Gegend noch ein paar Tage länger zu durchstreifen gedachten. Ehe sie jedoch eine neue Wanderung in die Berge antreten wollten, sollte der Versuch gemacht werden, die Kinder aufzunehmen.

Die guten Zwingenberger hatten schon hie und da in den Zeitungen von der »Potografie«, wie es die ungebildeten Leute nennen, gelesen, auch wohl einmal ein solches Bild gesehen; aber einen klaren Begriff hatte doch Niemand von der Sache, und als nun die beiden Künstler ihren geheimnißvollen Kasten, die camera obsurca, auf dem Marktplatze aufstellten, standen die Zuschauer bald Kopf an Kopf gedrängt, das merkwürdige Schauspiel mit anzusehen. Aber das neue Papier sollte nicht so schnell seine Güte erproben dürfen, das Bild kam nicht zu Stande, weil die zunächst dabei Betheiligten den hartnäckigsten Widerstand entgegensetzten. »Wir stellen uns nicht vor die Kanone, nein, um Alles nicht!« so versicherten Jakob, Mariechen und Gretchen im Chore, als sie, aus der Schule heimkehrend, den ganzen Aufzug und die erwähnten Vorbereitungen vor ihrem elterlichen Hause fanden und vernahmen, daß sie als Hauptschauspieler mitwirken sollten. Auch Frau Marthen war die Sache nicht geheuer; sie hielt Hans, der ihr nicht vom Rocke ging, fest an der Hand und schöpfte nun selber Muth zur entschiedenen Weigerung, als sie die Angst und Furcht ihrer Lieblinge sah. »Nichts für ungut, ihr Herrn«, sagte sie, »aber laßt mir die Kinder in Ruhe, mir gruselt auch bei der Geschichte; daß man da in das Rohr hineinsehen und als Bild wieder herauskommen soll, erscheint mir halb wie ein Hexenwerk, Gott weiß, was da passirt. Daß die liebe Sonne viel vermag, das wissen wir, daß sie aber auch noch malen und zeichnen soll, dies geht mir doch über den Verstand!«

Ja, so dachten die Leute damals noch von der Lichtmalerei, die doch gewiß eine der merkwürdigsten Erfindungen ist, welche der Menschengeist in diesem Jahrhundert gemacht hat!

Vergnügt sprangen die Kinder jetzt hinter der Mutter die hohe Steintreppe hinauf, von wo aus sie Alles bequem übersehen konnten, ohne selbst Mitwirkende sein zu müssen, und rathlos blickten die Freunde einander an, was nun zu thun sei, als Philipp, der natürlich mit im Vordergrunde stand, laut ausrief: »Herr Maler, ich fürchte mich gar nicht, stellen Sie mich nur vor die Kanone, ich will stocksteif stehen bleiben, wenn Sie ein Bild von mir machen wollen.« Der Photograph lachte: »Nun wohl, mein Junge, so will ich es mit Dir allein versuchen, da deine Kamerädchen sich fürchten«, und während nun Arthur den Jungen in die rechte Stellung brachte, Rudolph aber, so hieß der Andere, hinter dem schwarzen Tuche verschwand, um die Glastafel zu richten, und dann schnell den Messigdeckel abnahm, welcher die Glaslinse in der Röhre verdeckte, stießen sich die Leute an und zischelten: »Ja, ja, der Philipp mag es thun, der ist zu Allem gut die Löwenwirthin hat Recht, wir geben unsere Kinder auch nicht dazu her«.

Der Philipp aber stand wie eine Mauer, und Alles hielt mit ihm den Athem an, so lange der Maler neben ihm, die Uhr in der Hand die Minuten zählte; denn damals ging es noch so schnell nicht wie jetzt, da brauchte man noch doppelt so viele Minuten, als heute Secunden. Endlich gab er das Zeichen, der Andere schob wieder den Messingdeckel auf die Röhre, nahm rasch die Tafel aus dem Kasten, und Beide stürzten nun hinein in das dunkle Kämmerchen, welches sie sich zuvor eingerichtet hatten. Philipp sah sich ganz heldenhaft im Kreise um, der nun näher und näher an ihn herandrängte; war er doch jetzt der erste im Dorfe, der durch sein Lichtbild verewigt werden sollte; und als ihn seine gute Mutter, die ganz stolz darauf war, daß ihr Philipp so an Ansehen gewann, nun halblaut fragte: »Hast du denn gar nichis gespürt?« rief er lachend: »Was hätte ich denn spüren sollen?« aber dennoch wurde er blaß, als jetzt der Maler auf die Treppe trat und unter die Leute rief: »Das Bild ist prächtig gelungen, schon bei der ersten Aufnahme; wenn ihr heute am Abend wieder hierher kommt, sollt ihr den Philipp sehen, wie er leibt und lebt!«

Philipp war glückselig: also wirklich, sein Bild war in diesem Augenblicke entstanden? Er warf die Mütze hoch in die Luft und rief: »Hurrah! die liebe Frau Sonne hat mich gemalt! Wie man dabei hilft, dies muß ich auch einmal lernen!«

Gegen Abend stand dann der Platz wieder fast so voll mit Menschen, wie am Morgen, und Philipp's Mutter zeigte wonnestrahlend das wohlgetroffene Bildniß ihres Jungen im Kreise herum. Ja, man konnte ihn wirklich ganz deutlich erkennen, wenn auch diese ersten Versuche der Photographie kaum noch mit dem zu vergleichen sind, was sie heute leistet. Lächelnd verfolgten die beiden Freunde, die behaglich auf der Bank vor dem Hause saßen, den Ausdruck des Staunens und der Verwunderung auf den harten, gebräunten Gesichtern. Neben ihnen hatte Frau Martha Platz genommen, ihren Hans auf den Knieen, und als jetzt Philipp das kostbare Blättchen, das er kaum zu berühren wagte, den Herrn zurückbrachte, sagte sie: »Ja man sollt' es kaum glauben, wenn man es nicht selbst gesehen; aber mich selbst vor das Ding da zu setzen, dies könnte ich auch jetzt noch nicht!«

Rudolph brach in herzliches Lachen aus und rief: »Nun, Frau Martha, Ihr könnt es Euch ja immerhin überlegen, bis ich nächstes Jahr wiederkomme, und um Euch Muth zu machen, lasse ich das Bild vom Philipp hier. Ich schenke es Euch und schicke aus der Stadt noch einen kleinen Rahmen dazu, da könnt ihr es drinnen unter dem Spiegel aufhängen!«

Frau Martha dankte herzlich, bis Arthur ihren Redefluß mit den Worten unterbrach, daß doch auch dem Philipp für die Courage, mit der er stille gehalten, ein Abdruck seines eigenen Conterfei gebühre.

»Ganz recht«, erwiderte Rudolph, »er soll das Bild haben, welches noch droben auf meiner Stube liegt, und kommst Du einmal in die Stadt, so besuche mich und bringe mir dagegen einen schönen, duftigen Waldstrauß mit«.

Wer war seliger, als Philipp, da er diese Worte hörte, und doch wurde sein Entzücken noch gesteigert, als Gretchen zutraulich zu dem Photographen sagte: »Der Philipp will auch so einer werden wie du!« und dieser darauf erwiederte: »Nun, dazu kann ja vielleicht Rath werden, wenn er älter ist und brav bleibt«.

An diesem Abend sah man ihn im »goldnen Löwen« nicht mehr, wie es auch überall nach Philipp rief; kaum hielt er seinen Schatz, sein eignes Bild in Händen und hatte er seinen heißen Dank dafür gestammelt, als er hinüberlief, in sein elendes Dachkämmerchen, den Abdruck auf den einzigen Stuhl stellte, den es enthielt, und ihn so rückte, daß das Mondlicht sein Bild hell überstrahlte. Dann kniete er davor, stützte den Kopf in beide Hände und träumte die halbe Nacht von der Zukunft, wie er die neue seltne Kunst erlernen, und dann mit seinem Kasten die halbe Welt durchstreifen wollte, um Alles abzubilden, was ihm und Andern gefallen mochte.

Es ist wieder einmal Mai geworden aber zwanzig Jahre später als zu Anfang unserer Erzählung die Natur war dieselbe geblieben in ihrer Pracht und Schönheit. Auf den Feldern wogte wieder das junge Korn, auf den Bergen prangten wieder die Wälder im glänzenden Frühlingsgrün, und an dem lichtblauen Himmel, der sich über den Thurm des Melibokus wölbte, zog Gevatter Storch seine weiten Kreise. Die Menschen dagegen hatten sich recht sehr verändert; aus den Kindern, die im Schloßhofe einst so fröhlich gespielt, waren Leute geworden, und die rüstige Frau Martha hatte ihr Amt als Löwenwirthin abgeben müssen, denn die viele Arbeit und die Sorgen hatten sie mürbe gemacht. Sie saß jetzt ruhig in der Hinterstube, der kleinen Enkel wartend, während statt ihrer Mariechen schaltete und waltete.

Jakob war ein tüchtiger Müller geworden, was ihm besser zusagte, als Löwenwirth zu sein, und Hans hatte sich's nicht nehmen lassen, unter die Soldaten zu gehen, wo er es gerade jetzt bis zum Feldwebel gebracht hatte. Den beiden Mädchen fehlte es dagegen nicht an Freiern, namentlich Marien nicht, die nun noch das Vorrecht hatte, Frau Löwenwirthin zu werden. Sie wählte lange, bis sie den Rechten gefunden, brav, still und fleißig genug, um ihr zu gefallen; dann aber machten sie bald Hochzeit, und es ging im »goldnen Löwen« Alles im alten Geleise fort.

Die junge Frau hatte eine sehr wichtige Stütze, die Tag und Nacht sorgte und der keine Mühe zu viel sein konnte, dies war das muntere, lockenköpfige Gretchen. Sie blieb stets, wie wir sie als Kind kennen gelernt, gefällig, freundlich und stets bereit diejenigen zu vertheidigen oder zu beruhigen, die angegriffen wurden.

Nur ein einziges Mal hätte sie beinahe ernstlichen Streit mit Marien bekommen, als diese sich verheirathete, und als nun der »goldne Löwe« von oben bis unten neu vergoldet, das heißt, auswendig und inwendig frisch angestrichen und aufgeputzt wurde. Ja, das große Gastzimmer, das seitdem nur gelb getünscht gewesen, bekam zum ersten Mal eine schöne blaue Tapete, mit großen dunkelrothen Rosen und grasgrünen Blättern, worauf Marie nicht wenig stolz war. Als nun, nachdem diese Pracht an den Wänden glänzte, die beiden Schwestern die Stube wieder einräumten, den blank geputzten Spiegel und die neuen weißen Vorhänge aufhingen, nahm Gretchen noch einmal Hammer und Nagel zur Hand.

»Was willst du damit?« fragte Marie, »wir haben nichts mehr aufzuhängen«.

»Doch, erwiederte Gretchen, »wir haben ja noch Philipp's Bild, das immer unter dem Spiegel hing«.

»Ach, laß' mir das alte verstaubte Bild weg, ich mag es nicht mehr in meiner neuen Stube haben!« rief Marie eifrig.

Gretchen wurde roth bis unter die braunen Locken. »Das ist nicht recht von dir, Marie«, sagte sie, »der Philipp war doch unser bester Jugendfreund«.

»Ach, ich habe mir nie viel aus ihm gemacht, und dann Gott weiß, was aus dem geworden ist, er war und blieb ein Herumstreicher, ein Thunichtgut; ich will das häßliche Bild nicht mehr!« Damit ging sie sehr entschlossen zur Thüre hinaus.

Gretchen hielt traurig das verschmähte Bild in Händen; es war in der That sehr verblichen, der Rahmen alt und wurmstichig, aber sie konnte sich doch nicht dazu entschließen, es zu vernichten. Die ganze selige, fröhliche Jugendzeit sah sie aus dem Bilde an; sie riß den Rahmen ab, nahm das Glas herunter, blies den Staub weg, der sich hinter dasselbe auf das Papier gelagert hatte, und trug es hinauf in ihre Stube. Dort legte sie es zu unterst in den Nähkasten und schlug den Deckel wieder zu mit den Worten: »Ich möchte doch wissen, ob der Philipp noch lebt, und wo er steckt!«

Ja, wenn wir das selber wüßten! Es hatte seine Richtigkeit, der Philipp war verschollen, seitdem er Herrn Rudolph, der ihn wirklich in die Lehre genommen, heimlich verlassen hatte.

Als Philipp confirmirt und gerade aus der Schule entlassen war, traf ihn das Unglück, seine brave Mutter zu verlieren, der zu Liebe er seinen Hang, draußen herumzustreifen, und seine Sehnsucht nach fremden Ländern möglichst bekämpft hatte. Nun wurden ihr kleines Häuschen und das bißchen Hausgeräth versteigert, um für den Erlös die kleineren Kinder bei entfernt wohnenden Verwandten unterzubringen. Was Philipp betraf, so versprach die gutherzige Löwenwirthin, ihn mit dem Nothwendigen zu versorgen, bis er seine Lehrzeit bei einem Handwerker durchgemacht habe und dann für sich selbst aufkommen könne. Aber Philipp zeigte wenig Neigung für ein bestimmtes Gewerbe; er hatte die Freundschaft mit Herrn Rudolph, so weit er es vermochte, durch zeitweilige Besuche unterhalten, denen die Ueberbringung eines Straußes, eines Körbchens voll Walderdbeeren oder eines Säckchens mit Hasselnüssen zum Vorwand diente. Sein ganzes Sinnen und Denken war davon eingenommen, bei ihm in die Lehre zu kommen; aber er durfte dies Niemanden sagen, man würde ihn ausgelacht haben, und nur seiner Freundin Gretchen vertraute er sich an, die aber auch nichts davon wissen wollte, weil er dann nicht mehr mit ihr spielen oder in den Wald gehen könne.

So standen die Sachen, als er am Abend, nachdem das Häuschen geschlossen war und seine Geschwister weggebracht waren, mit dem Bündelchen, das seine paar Habseligkeiten enthielt, niedergeschlagen auf der Bank vor dem goldnen Löwen saß. Eine Weile darnach kam Jakob, setzte sich zu ihm und sagte geheimnißvoll: »Ich weiß jetzt auch, was du werden sollst! ich habe zugehört, wie sich die Mutter mit dem Bürgermeister über dich besprach. Du wirst ein Schneider!«

»Ein Schneider?« schrie Philipp entsetzt.

»Ja«, antwortete Jakob, »du kommst zu dem alten Matthes in die Lehre, er sieht nicht mehr recht und braucht Jemand, der ihm die Nadeln einfädelt;« ein halb spöttisches Lachen flog dabei über Jakobs Gesicht.

Philipp sprang auf: »Ich zu dem alten Matthes? Nein, nimmermehr!«

Der alte lahme Schneider Matthes war schon seit Jahren das Stichblatt und die Zielscheibe aller Streiche und Spöttereien der Zwingenberger Schuljugend, die sich keinen besseren Zeitvertreib bereiten konnte, als den Matthes zu hänseln, bis er öfter voll Wuth mit der Elle drein schlug und den Quälgeistern seine alten Lappen an die Köpfe warf; und nun sollte Philipp neben ihm sitzen und all den Hohn mit über sich ergehen lassen?

Er aß ruhig mit den Kindern zu Nacht, nachdem er seinen Bündel, der als kostbarste Gabe seine Photographie enthielt, unter der Bank verborgen hatte; dann, ehe das Haus geschlossen wurde, ging er noch einmal über den Hof und blieb im Schatten eines großen Fasses sitzen, bis alle Lichter erloschen waren. Nun schwang er sich über die Staketen, holte seinen Bündel hervor, hing ihn an den Knotenstock, und ging mit schnellen Schritten den Weg nach der Stadt zu.

Am nächsten Abende, als Frau Martha wie gewöhnlich bei Sonnenuntergang ein Viertelstündchen vor dem Hause rastete, ihre Kinder um sie her, unterhielt sie sich über die Straße lebhaft mit der Nachbarin wegen des ungerathenen Philipp, der, wie es scheine, ernstlich fortgelaufen sei, weil er nicht Schneider werden wolle. Da rief Gretchen plötzlich, die Hand ausstreckend: »Dort kommt ja der Philipp!«

In der That, dort kam er des Weges her, bestaubt, erhitzt, aber mit strahlender Freude im Angesicht, wenn ihn auch die Füße kaum zu tragen vermochten; als er nun am »goldnen Löwen« angelangt war, fiel er erschöpft auf der untersten Treppenstufe nieder, sich den Schweiß von der Stirne wischend. Es war gut, daß Gretchen gerade ihr Abendbrod, ein Glas frische Milch an den Mund führte, welches sie nun schnell absetzte und den durstigen Lippen ihres Spielkameraden bot, der sich dann auch rasch erholte und mit demüthiger Miene an seine Beschützerin wendete. »Seid mir nicht böse, liebe Frau Martha, daß ich Euch durch mein Fortlaufen Sorgen und Aerger gemacht, aber es war mir gar zu schrecklich, daß ich zu dem alten Matthes in die Lehre sollte. Da lief ich dann spornstreichs und ohne lange zu überlegen in die Stadt zu Herrn Rudolph, um ihn zu fragen, ob er Wort halten und mich wirklich die Lichtmalerei lehren wolle. Nun denkt Euch, welches Glück, er will es thun, wenn ich drei Jahre bei ihm bleibe und Ihr mir nur so lange Kleider und

Wäsche geben wollt. Etwas Taschengeld, meinte er, würde schon durch Trinkgelder und dergleichen abfallen. Ich war so froh, ich versprach Herrn Rudolph Alles; wenn Ihr nun auch Ja! dazu sagen wollt, dann gehe ich in die Stadt und werde ein Lichtmaler. Juchje, das wird schön!« Er warf dabei seine Mütze in die Luft, kramte dann einen Brief aus der Tasche und fuhr fort: »Diesen Brief schickt Euch Herr Rudolph, Sonntag will er selbst heraus kommen, sich die Antwort zu holen; als ich aber so weit mit ihm war, da hielt es mich nicht lange, in der vollen Mittagshitze lief ich wieder hierher und, nicht wahr, liebe Frau Martha, Ihr gebt Eure Zustimmung?«

Alle hatten ihm schweigend und erstaunt zugehört, nur Gretchen schmiegte sich an ihn und sagte leise: »Du sollst nicht in die Stadt gehen!« Aber Philipp achtete nicht darauf, als Frau Martha jetzt erwiederte: »Wär' es mir nachgegangen, Philipp, dann würdest Du ein Schneider werden, denn ein Handwerk hat einen güldnen Boden, und die Sonnenmalerei will mir immer noch nicht recht einleuchten. Aber der Herr Rudolph ist ein erfahrener Mann, und wenn er dich denn durchaus haben will, na, meinetwegen, so gebe ich auch meinen Segen dazu!«

Damit war die Sache abgemacht, und als Herr Rudolph wirklich kam, um Rücksprache mit dem Bürgermeister und Frau Marthen zu nehmen, durfte ihn am Abend der überglückliche Philipp nach der Stadt zurückbegleiten, und selbst Gretchen's Thränen vermochten sein lachendes Gesicht nicht zu trüben.

Anfänglich ging auch Alles sehr gut; Philipp war brav und fleißig, und gelegentliche Ausflüge nach dem heimathlichen Zwingenberg waren für ihn und die Kinder im »goldnen Löwen« stets Freudenfeste.

Die Kinder empfingen ihn stets wie einen lieben, älteren Bruder; als aber das zweite Jahr seiner Lehrzeit zu Ende ging, ward er von Tag zu Tag mißmuthiger und kleinlauter, wenn man ihn fragte, ob er nun auch bald selbst Aufnahmen machen und ein Photograph werden könne. Er fühlte sehr wohl, daß dies nicht der Fall sein würde, aber die Schuld lag nicht an Philipp, sondern an Herrn Rudolph, und noch mehr an den Verhältnissen. In dessen Atelier häufte sich die Arbeit von Tag zu Tag; als früherem Maler gelang ihm vornehmlich das Arrangement der Bilder gut, und Alles drängte sich zu ihm, der auch im

Retouchiren oder Uebermalen der damals noch sehr mangelhaften Bilder Vorzügliches leistete. So war seine Zeit vollständig in Anspruch genommen, er konnte sich nicht viel um Philipp kümmern, und überdem gab es in dem Atelier eine solche Menge mechanischer Arbeiten zu verrichten, daß jener auch kaum zu Athem kam. Sein gefälliges und anstelliges Wesen machte ihn überaus brauchbar, und es erging dem armen Schelm in der Stadt genau so, wie einst im »goldnen Löwen«: Jedermann rief nach Philipp, er mußte überall helfen und versäumte beständig die Gelegenheit, für sich selbst etwas Förderliches zu erlernen. Manchmal erinnerte er Herrn Rudolph an dessen Versprechen, ihn in alle Geheimnisse der Lichtmalerei einzuführen, ihn namentlich Aufnahmen machen zu lassen, und dieser zeigte gleich immer den besten Willen dazu, bis die überhäufte Arbeit den lebhaften, aufgeregten Mann alle guten Vorsätze wieder vergessen ließ. Ein neuer bedeutender Fortschritt in der Lichtmalerei war gemacht worden: man übergoß die Glasplatten jetzt mit einer Flüssigkeit, dem Collodium, welches eine dünne Haut bildete, auf der sich das Bild fixirte, und mit Hülfe dieses Mittels konnte man die Bilder weit schneller und billiger als früher herstellen. Es hat die Collodiumhaut nur den Nachtheil, sich nicht gleichmäßig auf das Glas zu lagern, so daß in Folge dessen eine Menge kleiner Unebenheiten in Gestalt von winzigen Puncten in den Bildern zurückbleiben, welche durch die Retouche beseitigt werden müssen. Diese niedrige Art des Retouchirens, eine der einförmigsten und langweiligsten Arbeiten, wurde nun Philipp zugewiesen, und er saß oft Tage lang in der dumpfen, beständig von Aethergeruch erfüllten Stube neben dem Glashaus, wenn ihn nicht eine andere mechanische Arbeit, wie das Aufkleben und Einrahmen der fertigen Bilder, hinweg rief. Seltner und seltner wurden ihm nun auch die Spaziergänge nach der Bergstraße gestattet, und als wieder der Frühling mit Blüthen und Sonnenschein herankam, da ward ihm das Atelier, nach dem er sich so sehr gesehnt, zum Kerker. Ja, wenn er noch wenigstens das Zeichnen verstanden und an den Bildern jene Arbeiten hätte vornehmen können, die einigen künstlerischen Werth haben; aber für einen armen Jungen von damals gab es noch keine Sonntags- und Abendschulen, wo man dergleichen erlernen konnte, wie dies heute der Fall ist. Eines Tages theilte er seinen Kummer dem Maler Arthur mit, der stets noch freundliches Interesse an ihm nahm und ihm nun in seiner gutmüthigen Art anbot, ihm einige Begriffe des Zeichnens beizubringen, damit er wenigstens das eigentliche Retouchiren erlernen könne. Die wenigen Freistunden, die Philipp gegönnt waren, brachte er nun in dessen Atelier zu, wo er gewöhnlich einen andern Maler vorfand, der sich zu einer längeren Kunstreise nach Italien, die er im Herbst anzutreten gedachte, vorbereitete. Bei den Gesprächen, welche beide Freunde führten, bei den Schilderungen der Gegenden, die jener schon zum zweiten Male aufsuchen wollte, erwachte Philipps Reisetrieb auf heftigste. »O, könnte ich mit Ihnen ziehen!« rief er eines Tages ganz überwältigt aus, und der Maler antwortete ihm: »Nun, mir wäre es schon recht; solch einen anstelligen Burschen könnte ich gerade gebrauchen!«

Genug, das Wort ward zur That; Philipp beging das große Unrecht, Herrn Rudolph heimlich zu verlassen, unterstützt von dem leichtsinnigen jungen Manne, der seine Begleitung wünschte und doch voraussah, daß man ihn nicht freigeben werde.

Philipp schrieb noch einen Abschiedsbrief an Herrn Rudolph und Frau Martha, in dem er sich zu rechtfertigen versuchte, und versprach, stets brav und rechtschaffen zu bleiben, was aber Beide, mit vollem Rechte hocherzürnt, bezweifelten und meinten, wenn man ihn im Scherz einen Herumstreicher genannt, so könne es jetzt leicht Ernst damit werden. Wie man endlich seiner ganz vergaß, davon ist schon oben die Rede gewesen.

In einer der schönsten und elegantesten Straßen der amerikanischen Bundesstadt Washington, so genannt nach dem edlen Vorkämpfer der amerikanischen Unabhängigkeit und erstem Präsidenten der jungen Republik der Vereinigten Staaten erhebt sich ein geschmackvoll zierliches Gebäude, dessen Glasfronte den Beschauer schnell darüber belehrt, daß er sich vor dem Atelier eines Photographen befindet. Vor demselben rollte eine feine Equipage nach der andern vor; ein riesiger Neger in schwarzem Frack und schneeweißer Wäsche half den Damen und Kindern aus dem Wagen und geleitete sie die teppichbelegte Treppe hinan bis zu dem Glashaus des vielgerühmten Photographen, Herrn Philipp Maurer, dessen Bilder nicht allein ausgezeichnet ausgeführt waren, sondern auch die Stellungen der Einzelnen, sowie der Gruppen mit ausgeprägt künstlerischem Geschmack arrangirt zeigten.

Heute aber sehen wir ihn selbst in seinem leichten, eleganten Wagen, mit prächtigen Rappen bespannt, an dem Portale vorfahren; er wirft die Zügel dem Diener zu, der hinter ihm sitzt, und bietet dann einem Herrn die Hand zum Aussteigen, den er jetzt mit besonderer Artigkeit die Treppe hinauf führt. Es ist dies ein deutscher Gelehrter, der Amerika bereist, und zugleich ein engerer Landsmann von Herrn Maurer, der sich ihm vor Kurzem als solcher in seinem Hotel vorgestellt hatte und die Hoffnung darauf baute, den berühmten Mann photographiren zu dürfen. Wie oft nun auch der überall freudig empfangene Mann sich dem unterziehen mußte, konnte er doch dem Landesgenossen die Bitte nicht abschlagen, und zu diesem Zwecke hatte ihn jener persönlich in seinem Wagen abgeholt.

Herr Maurer führte den Herrn in ein Zimmer, und während er selbst noch einige Augenblicke draußen beschäftigt war, sah sich der Professor in dem Atelier um und betrachtete die Menge von Gegenständen, welche herumstanden, um bei den Aufnahmen verwendet zu werden, die hohen Gewächse in kostbaren Gefäßen, die Vasen, Statuetten, Tische und Sessel mit kunstvoller Schnitzerei; dann glitt sein Blick über die zahlreichen großen und kleinen Bilder, die an den Wänden hingen, bis er plötzlich auf einem halb lebensgroßen Bilde haften blieb, welches ohne Zweifel meisterhaft genannt werden konnte. Doch fesselte den Beschauer noch weit mehr der Gegenstand des Bildes, welches einen ärmlich gekleideten Bauernjungen vorstellte, der mit kecken Augen aus dem Rahmen heraussah; eine Mütze bedeckte den von langen Haaren umwallten Kopf, in der rechten Hand hielt er einen Knotenstock, und am linken Arme trug er einen Korb mit Kräutern.

Erröthend sah der Photograph, der eben eintrat, die Aufmerksamkeit, welche sein Besucher dem Bilde schenkte, der sich bei seinem Nahen nun rasch mit den Worten nach ihm umwendete: »Dieses Bild ist mir nicht fremd; wo habe ich es nur schon gesehen kleiner zwar, unscheinbarer, aber diesem hier ganz ähnlich?«

»Es ist mein Bild,« sagte Herr Maurer lachend, »genau so sah ich aus, als man mich noch daheim in Zwingenberg den ›kleinen Vagabunden‹ nannte, der ich auch wirklich zeitweise geworden bin«.

»Ach, nun erklärt sich Alles«, rief der Professor, »ich sah das Bild in Zwingenberg im ›goldnen Löwen‹, wo es manches Jahr unter dem Spiegel hing, und Sie sind also der Ausreißer, welcher Photograph werden wollte, und dessen traurige Geschichte die gute Frau Wirthin ihren Gästen mehr als einmal kläglich vorerzählte?«

»Hängt denn das Bild noch dort?« fragte Philipp, wie wir den alten Bekannten wieder nennen wollen, mit einiger Spannung.

»Dies kann ich Ihnen wirklich nicht sagen, man gewöhnt sich an solchen Anblick und achtet zuletzt nicht mehr darauf. Im ›goldnen Löwen‹ hat sich ja auch seither mancherlei verändert.«

Philipp ging aufgeregt im Atelier auf und nieder: »Wie wunderbar sich das trifft; ich war so glücklich, Sie, Herr Doctor, aufnehmen zu dürfen, und nun erwecken Sie mir auch noch die alten Jugenderinnerungen, die ich längst vergessen und begraben wähnte. Sie haben mir die Ehre zugesagt, nachher den Lunch mit mir zu nehmen, darf ich dann noch ein wenig nach den alten Bekannten fragen?« »Warum nicht?« antwortete der Professor, »fangen wir nur gleich an, um keine Zeit zu verlieren, denn auch Sie müssen mir etwas von ihren Schicksalen berichten, und wie Sie schließlich noch Lichtmaler geworden sind.«

Philipp gab strengen Befehl, jeden ferneren Besuch abzuweisen, und bald, nachdem die Aufnahme zur Zufriedenheit gelungen war, saßen beide Herrn im Speisezimmer bei einem leckeren Frühstück, welches Philipp jedoch kaum berührte, so versunken war er in die Mittheilungen, die ihm der Gast über Frau Martha und ihre Kinder gemacht. Nach den eignen Geschwistern hatte er nicht zu fragen; waren sie doch gleich nach der Mutter Tode zu entfernt wohnenden Verwandten gekommen, und dann hatte sie Philipp, als es ihm selbst gut ging, mit diesen nach Amerika kommen lassen, wo sie als Farmer angesiedelt waren. Um so mehr war sein eignes Andenken in Zwingenberg verschollen.

Nachdem er Alles vernommen, was der Professor wußte, begann er seine Mittheilungen über sich selbst und erzählte, wie glücklich er anfänglich in Italien gewesen, trotz der Gewissensbisse, die ihn oft gepeinigt. Er habe geschwelgt in der Schönheit des Landes und auch der Kunstschätze, für die sein ungeübtes Auge sich überraschend empfänglich zeigte. »Auch mit der Hand würde es gegangen sein, sie war nicht ungeschickt zum Zeichnen«, fuhr er fort, »und ich übte mich, wo ich nur konnte, aber mein leichtsinniger Herr und Gebieter kümmerte sich nichts darum. Zuerst hatte er mir die Photographie verleidet, die er fortwährend einen langen Abklatsch der Wirklichkeit nannte, aber einen Künstler aus mir zu bilden, wie er es mir versprochen, fiel ihm gar nicht ein. Abermals und nach wie vor war ich wieder nichts als ein Handlanger für Andere, wie zuvor im ›goldnen Löwen‹, bei Herrn Rudolph und wieder hier, aber ich wollte und mußte doch endlich auch etwas für mich werden! Dabei gefiel mir das herumziehende Leben meines Gebieters, an den ich gebunden war, auf die Dauer gar nicht; er freilich arbeitete dabei, aber ich kam mir jetzt wirklich vor wie ein ächter Vagabund, und ich weinte oft heiße Thränen bei der Erinnerung an die Heimath und an Herrn Rudolph, bei dem ich, wenn auch langsam, am Ende doch wohl noch mein Ziel erreicht haben würde. Da lernte ich nach anderthalb Jahren in Sorrent, wo mein Herr gerade sich aufhielt, einen deutschen Kaufmann kennen, der als Vertreter eines englischen Hauses im Begriff war, auf eine Reihe von Jahren nach Indien zu gehen. Er hatte einen deutschen Diener bei sich, welcher schwer erkrankte, und konnte dessen Genesung nicht abwarten, weil er an einem bestimmten Tage in Triest sein mußte, um mit der Ueberlandpost zu reisen. Er schlug mir vor ihn zu begleiten, und da mein Herr Maler meiner vielleicht ebenso überdrüßig geworden, als ich seiner, ließ er mich ziehen.

Ich blieb fünf bis sechs Jahre in Indien, und gewann dort mit Hülfe meines guten, trefflichen Herrn ein kleines Vermögen, durch den Ankauf und Wiederverkauf jener kunstreichen Arbeiten in Elfenbein, Holz, Silber, Lack oder bunter Seide, welche die Chinesen und Indier so billig verkaufen, und die man in Europa so vortheilhaft wieder verwerthet.

Wie manchmal aber, wenn ich solch ein niedliches Körbchen oder eine bunte Malerei erhandelt hatte, dachte ich: Wenn ich dies doch meinem lieben, guten Gretchen schicken könnte! und in der That, als nun mein Herr wieder nach England zurückkehrte, hielt es mich auch nicht länger. Ich packte ein Kistchen voll mit Geschenken für meine Zwingenberger Freunde, denn ich dachte, nun sei ich ein gemachter Mann und könne trotz der Jugendsünde wieder dreist vor ihnen erscheinen. Aber ich sollte noch ernstlicher gestraft werden. Mein Herr reiste wieder mit der Ueberlandpost, ich aber zog der Ersparniß wegen die Reise mit dem Segelschiff um Afrika vor. An der Guineaküste lief unser Schiff auf einen Felsen, und wenn wir auch das Leben retteten, so war dies doch alles mein Kistchen mit Geschenken, meine Banknoten, sie liegen drunten im atlantischen Ocean, und ich war gerade wieder so arm, als an dem Tage, da ich Herrn Rudolph heimlich verließ. ›Es ist die gerechte Strafe für deinen damaligen Leichtsinn. Nun, Philipp, fange noch einmal von vorn an!‹ so sagte ich mir selbst mit aufrichtigem Muthe, als ich ein englisches Schiff betrat, das einen Theil der Schiffbrüchigen nach New-York bringen wollte. Am meisten leid that es mir um Gretchen, ich hatte mir schon so lebhaft ihre Freude und ihren Dank vorgestellt!

Ich besaß nichts mehr als eine alte Brieftasche, welche ich mir um den Leib gebunden hatte, und die meinen Tauf-, meinen Heimathsschein, ein paar Goldstücke und die kleine, schlechte Photographie, die Sie kannten, enthielt; aber auf welches Ziel ich nun loszuarbeiten hatte, dies ward mir schnell klar, als ich in New-York mit Staunen sah, welche Fortschritte inzwischen die Lichtmalerei gemacht hatte, und zu wie vielen Dingen sie verwendet werden konnte. Ich bemerkte aber auch, wie sehr die Bilder noch durch entsprechende Anordnung vervollkommnet werden konnten, wie ihnen mehr Leben und größerer Ausdruck zu geben sei; diesen Scharfblick verdankte ich doch wohl meinem Vagabundenthum in Italien, und damit zum Theil die großen Erfolge, die ich hier habe. Mein Entschluß stand fest, doch noch um jeden Preis ein tüchtiger Photograph zu werden, und nachdem meine Bemühungen, in einem Atelier aufgenommen zu werden, erfolglos geblieben, verrichtete ich die schwersten und niedrigsten Arbeiten, vor nichts zurückscheuend, bis ich genug erspart hatte, um mir einen Apparat aus zweiter Hand zu kaufen.

Mein Instrument war gering, um so größer mein Muth und meine Ausdauer, und die liebe Sonne leuchtete dieses Mal keinem Undankbaren. Mein erstes Atelier bestand in einer Bretterbude, mein Publikum zunächst nur aus Matrosen, Negern, Waschfrauen und Kindermädchen, die um billigsten Preis abconterfeit wurden. Aber ich arbeitete unverdrossen fort und fort, lernte durch die Erfahrung, ließ mir nichts Neues entgehen, was auf dem Gebiete der Lichtmalerei geleistet wurde, und bildete endlich meine Specialität heraus, die einestheils in der Anordnung der Bilder, anderntheils in der gewissenhaftesten Vertheilung von Licht und Schatten besteht, wodurch meine Bilder so lebendig und plastisch hervortreten. Als ich es so weit gebracht, hatte ich natürlich schon längst die Bretterbude verlassen, war von Stufe zu Stufe höher gestiegen, hatte mir die vorzüglichsten und kostbarsten Apparate aus München und Wien kommen lassen und siedelte dann endlich nach Washington über, ein, wie die Amerikaner sagen: ›self-made man‹ und bezeichnend genug ist dieses Wort in der That. Hier zu Lande heißt es: Schwimmen oder untergehen! und wollte man drüben in Europa so arbeiten wie hier, Alles anfassen, vor Nichts zurückschrecken, man könnte auch im alten Vaterlande sich derart in die Höhe arbeiten, wie es mir im neuen gelungen«.

»Ich wünsche Ihnen nochmals Glück dazu«, sagte der Gelehrte sich jetzt erhebend; »aber haben Sie denn keine Sehnsucht, sich wieder einmal nach der alten Heimath und den alten Bekannten umzusehen?«

»Ich dachte bis jetzt nicht daran«, erwiederte Philipp, »ich habe ja eigentlich drüben Niemanden mehr, der sich nach mir sehnte; indessen, seit ich die früheren Erinnerungen aufgefrischt, regt sich doch so etwas wie Heimweh in der Herzgrube, wer weiß darum, was geschieht!«

So trennten sich Beide, der Professor setzte seine Reise weiter fort, Philipp arbeitete nach wie vor, aber das Gefühl, das an jenem Morgen seine Brust bewegte, ward immer lebhafter. Als die Maiensonne zu leuchten begann, die Bäume blühten und die Frühlingsblumen dufteten, war ihm zu Muthe, als erlebe er dies nicht in Amerika, sondern daheim, so lebhaft standen stets vor seinem inneren Blick die hellgrünen Buchenwälder, die bräunlichen Nußbäume, die wogenden Saaten und das Silberband des Rheines. Es hielt ihn nicht länger, der alte Wandertrieb erwachte, er mußte wieder einmal dorthin, mußte den Blick von den Höhen des Melibokus und des Felsberges hinausschweifen lassen in die weite Rheinebene oder ihn in die lauschigen Thäler des Odenwaldes tauchen. Nichts fesselte ihn; sein Geschäft konnten die Gehülfen schon ein paar Monate lang allein besorgen darum fort, schon mit dem nächsten Dampfer, der ihn nach vierzehn Tagen wohlbehalten nach Hamburg brachte, wo sein Fuß wieder deutsche Erde betrat. Er gönnte sich keine Rast; in raschem Fluge trug ihn das Dampfroß gen Süden den Bergen zu, und hoch schlug ihm das Herz, als jetzt der Schaffner rief: Station Zwingenberg!

Hier sah nun Alles aus, wie ehedem, die alten Häuschen, die Kirche auf der Höhe, die Weinberge, ja, die Gänse schienen ihn noch zu kennen, als sie gackernd auseinanderflogen, da er jetzt mit starken Schritten in die Dorfstraße einbog.

Auf dem Platze vor dem »goldnen Löwen« lag breit und glänzend die Sonne, und im Hause regte sich nichts, als er die Steintreppe hinauf schritt, nur hinten aus der Küche und vom Hofe her hörte man die Stimmen der Mägde und das Plätschern des Brunnens.

Er wendete sich nach dem großen Gastzimmer, und in diesem Augenblick kam aus der Hinterstube eine Frau heraus, das verjüngte Abbild der guten Frau Martha, so sauber, behaglich und frisch, wie sie in Philipps Erinnerung lebte. Es war Marie, die junge Wirthin, die freundlich nach Philipps Begehren fragte. Er bestellte einen Schoppen Wasser und ward feuerroth, als sie ihn lächelnd und fragend ansah, was ihm sein Versehen klar machte; »nein, Wein wollte ich sagen«, entschuldigte er sich rasch und folgte ihr dann in die Gaststube. Aber deren neuer Glanz ließ ihn gleichgültig, sein Blick flog nur hinüber nach dem Spiegel und suchte nach seinem alten Bilde. Vergebens, es war nicht mehr an seiner Stelle, und Philipp setzte sich mechanisch nieder, weil ihm auf einmal zu Muthe war, als läge ihm Blei in den Gliedern. »Vergessen, todt und vergessen!« murmelte er vor sich hin und bemerkte kaum, wie ihm die Wirthin mit einem freundlichen: Wohl bekomm's! den Wein hinsetzte. Es kam ihm auf einmal so ungemein thöricht vor, daß er Amerika, wo er eine Menge von Freunden besaß, verlassen, um hierher zu kommen, wo kein Mensch mehr nach ihm zu fragen schien.

Marie stand noch einen Augenblick zögernd, mit dem Gast ein paar freundliche Worte zu wechseln; als sie aber sah, wie er vor sich hinstarrte, wollte sie ihn nicht stören und verließ leise das Zimmer. Philipp stürzte ein Glas Wein hinunter, dann sprang er auf, riß den Hut vom Nagel und sagte: »Ich will hinauf in den Wald, der wird mich ja noch besser kennen, als die Menschen, und mit dem nächsten Dampfer geht es wieder heimwärts nach Amerika!« Den Stock schwingend ging der stattliche, hochgewachsene Mann rüstig den Bergweg hinan, und schon wollte er seitwärts durch die Weinberge abbiegen, da tönten fröhliche Kinderstimmen an sein Ohr. Er blieb einen Augenblick stehen: »In Frau Marthens Kinderstube ist es wieder lebendig; laß doch sehen, wer jetzt das Revier bevölkert«.

Mit diesen Worten wendete er sich nach links und schritt durch das verfallene Thor in den uns wohlbekannten Schloßraum, der ganz so grün und lauschig, so erfüllt von Blumenduft und Vogelgezwitscher vor ihm lag, wie vor zwanzig Jahren. Drei rothbackige Kinder, zwei Knaben und ein Mädchen, nur kleiner als damals Frau Marthens Sprößlinge gewesen, tummelten sich lustig im Grünen und jagten mit so tollem Geschrei den Schmetterlingen nach, daß jetzt zwischen ihrem Jubel eine sanfte Warnungsstimme laut wurde. Auf den Baumstämmen, die dort lagen, saß ein großes, stattliches Mädchen mit Nähen beschäftigt, das fragend den Blick erhob, als der Fremde ihr näher trat. Dazwischen aber drängte sich die kleine Schaar: »Tante Gretchen, gib uns jetzt zu essen!«, und mit freundlichem Wort reichte die Angeredete aus einem Körbchen jedem ein Butterbrod, mit dem sie sich jubelnd wieder entfernten.

Tante Gretchen! Nun, Philipp hätte kaum des Namens bedurft, um nicht an dem krausen Haar, dem freundlichen Blick, der blauen Augen und dem lieblichen Ton der Stimme seine kleine Jugendfreundin zu erkennen. Er begrüßte sie jetzt höflich, bat um die Erlaubniß einen Augenblick hier ausruhen zu dürfen, sprach dann von der Gegend und gab nach und nach zu erkennen, daß er früher hier nicht ganz fremd gewesen, nun aber lange nicht mehr die Bergstraße besucht habe. »Ich kann mich indessen noch auf Alles recht wohl besinnen«, fuhr er fort, »ich war als Kind öfter im goldnen Löwen«.

»Wirklich?« rief Gretchen; »ich bin ja die Tochter aus dem Hause, und die Kinder dort gehören der Marie, die jetzt mit ihrem Manne die Wirthschaft führt; da müßt Ihr uns doch wohl auch gekannt haben«.

»Ja wohl, kann sein«, antwortete Philipp gleichgültig, »dies vergißt sich; aber an Eines kann ich mich noch sehr gut erinnern, an ein Bild, welches in dem Gastzimmer unter dem Spiegel hing und einen kleinen Betteljungen vorstellte. Es war ein ganz schlechtes Lichtbild, aber man sah damals solche Bilder noch selten, und darum wurde es von den Erwachsenen oft betrachtet und besprochen, was ich dann so mit anhörte. Als ich vorhin meinen Schoppen unten trank, sah ich mich gleich nach dem Bilde um, es fiel mir wieder ein, weil ich selbst Photograph bin; aber es ist jetzt natürlich verschwunden«.

Während der Fremde sprach, hatte Gretchen den Blick nicht von ihm verwendet, die Stimme kam ihr so bekannt vor, auch der Zug um den Mund, aber sie wußte sich doch nicht zurecht zu finden; als er jetzt des verschwundenen Bildes erwähnte, lachte sie hell auf und rief: »Das Bild ist noch da, und es stellt keinen Betteljungen vor, sondern einen ganz braven Knaben, der täglich mit uns Kindern spielte. Darum ließ ich auch sein Bild nicht zu

Grund gehen, sondern habe es hier in meinem Nähkasten aufgehoben. Ihr könnt es also noch sehen!« Damit schlug sie den Deckel des Kastens zurück, kramte die Zeugstücke heraus und holte endlich Philipps alte Photographie hervor. Dieser konnte sich aber nun nicht länger halten, die hellen Thränen stürzten ihm aus den Augen, und schluchzend rief er: »Gretchen, kennst Du denn den Philipp nicht mehr?« Da fiel es ihr wie Schuppen von den Augen, sie sprang auf, und dann faßten sie einander um den Hals und weinten wie die Kinder. Erst das Erstaunen der wirklichen Kinder brachte sie wieder zu sich; im Sturmschritt ging es jetzt den Berg hinunter, bald lachend, bald weinend, und schon von Weitem rief Gretchen der Schwester zu, die oben auf der Treppe stand: »Ei, sieh doch, Marie, der Philipp ist wieder da, und Du hast ihn nicht einmal erkannt!«

Nach zwei Minuten saß der beglückte Philipp in der Hinterstube neben Frau Marthens Sessel, hielt ihre Hände in den seinen, war aber kaum im Stande, seine Freude in Worte zu fassen, ebensowenig, wie er etwas von der Mahlzeit genießen konnte, welche Gretchen nun freudestrahlend vor ihm auftrug, nach und nach in ihrer Aufregung so viele Schüsseln herbeibringend, daß eine große Gesellschaft daran genug gehabt hätte. Als sie dann selber merkte, wie viel sie hergerichtet, mußte sie hell auflachen, und Philipp stimmte so herzlich mit ein, daß auch Frau Martha und die Kinder angesteckt wurden, bis sich die allgemeine Lustigkeit in die Küche und in den Stall verbreitete, weil Mamsell Gretchen in ihrer Herzensfreude so lächerlich viel aufgetragen.

Wie ein Lauffeuer ging nun die Kunde von Philipps Wiederkehr durch das Dorf, und als sich am Abend die Gemüther einigermaßen beruhigt hatten, saß er auf der Bank vor dem Hause und erzählte den alten Schulkameraden von seinen Reisen und Schicksalen. Unterdessen schickte Gretchen Boten an die Brüder ab, sie auf den morgenden Sonntag mit Kind und Kegel einzuladen, denn der Philipp sei wieder da und seine Rückkehr solle im »goldnen Löwen« hochgefeiert werden, wie einst die des verlornen Sohnes.

So wurde es denn auch ausgeführt, und als sich am Abend nach einem frohbewegten Tage die ganze Familie in der Hinterstube um Frau Marthens Lehnstuhl versammelte, erzählte Philipp geordnet und der Reihe nach seine Erlebnisse, von denen man bis jetzt nur Bruchstücke vernommen hatte. Gretchen stand während dem wie festgebannt hinter dem Stuhle der Mutter, auf dessen Lehne sie die Arme stützte, während ihr Blick an Philipps

Munde hing. Wie sie dies alles ergriff und erschütterte, was da an ihrem inneren Auge vorüberging, und wie dieses nun freudig aufleuchtete, als Philipp am Schlusse seiner Erzählung sein schönes Daheim in Washington schilderte, von den Freunden erzählte, die ihm dort weilten, und mittheilte, wie der Besuch des deutschen Gelehrten die alten Erinnerungen so mächtig in ihm erweckte, daß er durchaus die Heimath wiedersehen mußte. »Aber, wer weiß,« fuhr er dann aufspringend fort, »wenn das treue Gretchen mich nicht wieder erkannt, wenn sie mir nicht ein so gutes Andenken bewahrt hätte, ob ich dann nicht wieder gegangen wäre, wie ich kam. Sie hat auf mich im Guten vertraut, und wahrlich, wie viel ich auch erlebt und durchgemacht, ich habe mir nichts Schlechtes vorzuwerfen, ich war ein klein wenig ein Vagabund, aber stets ein ehrlicher und fleißiger, wohin das Schicksal mich auch warf. Gretchen, liebes Gretchen, nimm einmal die Hände von den Augen, und sieh mir in's Gesicht, damit ich Dir sagen kann, daß ich nur noch den einen Wunsch habe, Du mögest es jetzt auch einmal mit dem Vagabundenthum versuchen und mit mir bis Amerika vagabundiren, wo mein nettes Haus schon seit lange auf eine deutsche Hausfrau wartet«. Er trat bei diesen Worten zu Gretchen, nahm ihr die eine Hand von den Augen und führte sie vor Martha:

»Liebe, gute Frau Martha, wollt Ihr mir Euer Gretchen zur Frau geben?«

»Ja, Philipp, wenn sie will«, erwiederte Frau Martha; »die ist aber gar apart, sie wollte nie etwas vom Heirathen hören!«

»Jetzt will sie aber!« rief die Schelmin mit heller Stimme, indem sie die Hand von den Augen zog, in denen es von Thränen blitzte, welche der lachende Mund und die Grübchen in den Wangen Lügen strafte, »ich war ja doch dem Vagabunden immer gut, so lange ich denken kann, so will ich denn in Gottes Namen seine Frau Vagabundin werden!«

Sechs Wochen später war wieder ganz Zwingenberg auf den Füßen; ein stattliches Brautpaar, von einem langen Zuge geleitet, schritt die Bergstraße hinan zur Kirche es waren Philipp und Gretchen. Oben jedoch hielten Alle wie verabredet einen Augenblick still, da stand ein schwarzer Kasten und dahinter ein junger Mann, der Sohn des Photographen Rudolph, der nahm den ganzen Hochzeitszug auf, wie er es Philipp versprochen hatte.

Das junge Paar langte dann rechtzeitig und wohlbehalten in Washington an, und wer etwa von unseren jungen Lesern und Leserinnen dahin kommt, der versäume nicht, das berühmte Atelier von Herrn Philipp Maurer zu besuchen und sich bei ihm vom Sonnenlicht malen zu lassen.